V.

AMES-SŒURS.

à F. B.

Dans le monde, par Dieu créées,
Il est, dit-on, des âmes-sœurs
Dont les plaisirs et les douleurs
Suivent les mêmes destinées.

Quels que soient les divers séjours
Où la main du Seigneur les jette,
Par une influence secrète
Elles se rapprochent toujours.

Comme les deux parts d'un même être
Aspirant à se réunir,
Elles semblent aussi venir
Pour se confondre et se connaître.

Et, quand un mutuel bonheur
Les place sur la même voie,
L'une vole à l'autre avec joie,
Comme l'oiseau vole à la fleur.

Plaisirs, maux, sourires et larmes,
Tout se partage également.
A deux le mal est moins pesant
Et le bonheur a plus de charmes.

. . . .

. . . .

. . . .

O toi, mon pauvre et faible cœur,
Toi qui vis triste et solitaire,
Par les routes de cette terre,
Trouveras-tu ton âme-sœur?

Ou bien, du fardeau de la vie,
Dois-tu te charger, sans qu'un jour
Un autre cœur tout plein d'amour
T'en vienne prendre une partie?

21 juin 1854.

VI.

HOMMES ET POÈTES.

VI.

HOMMES ET POÈTES.

> . . . . . Va demander ce que c'est que
> le style à nos plumitifs retors qui contre-
> font comme des faussaires toutes les écritu-
> res, celle de la science, celle de la gravité,
> celle de la foi et au besoin celle de
> l'innocence.
>
> H. CASTILLE.

Ceux qui , des vins du soir la lèvre encore rougie,
    Ivres et le pas chancelant,
S'en vont prendre leur lyre au sortir de l'orgie
    Et la toucher d'un doigt tremblant,
Qui parlent de regrets, d'indicibles souffrances,
    D'outrages, de douleurs sans fin,

Et n'ont d'autre souci que de régler d'avance
    La débauche du lendemain;
Ceux qui parlent du ciel et lancent l'anathème
    Sur les actions des méchants,
Et dont pourtant la voix injurie et blasphème
    Le Dieu qui parle dans leurs chants;
Ceux qui vendent leur muse et l'ont habituée
    Aux chants iniques et menteurs,
Qui l'avaient prise vierge et l'ont prostituée
    Sans remords, sans honte, sans pleurs,
Qui sont avares d'or et font, de l'harmonie,
    Un trafic qui n'a pas de nom,
Ceux-là sont-ils vraiment les élus du génie,
    Ceux-là sont-ils poètes? Non !

II.

Non ! Ils ne le sont pas, car pour oser prétendre
    A ce nom qu'ils ont pris à tort,
Il faut que les accents que la voix fait entendre
    Avec ceux du cœur soient d'accord.

Comme en un pur miroir, l'image se reflète
    Pure et dans ses détails divers,
Ainsi, par tous ses traits, une âme de poète
    Doit se refléter dans ses vers.

Il ne doit pas voiler sous un masque propice
  Le désordre d'un cœur perdu,
Et plier les genoux devant l'autel du vice,
  Quand sa voix chante la vertu.

Il doit prêcher d'exemple et son âme craintive
  Doit sentir le mal approcher
Et se fermer à lui, comme la sensitive
  Qui se ferme au moindre toucher

Ou bien, s'il veut encor se vautrer dans la fange
  De ses vices multipliés,
Ah ! qu'il cesse du moins, d'outrager de louange
  Cette vertu qu'il foule aux pieds.

Qu'il conserve dès lors un reste de courage
  Pour se faire silencieux,
Et laisser le destin de poète, en partage
  A ceux qui le comprennent mieux,

Qui ne redoutent pas que leur cœur se révèle
  Et dont chaque vers, chaque mot,
A lui, trouve en leur âme, un penser qui se mêle
  Comme le flot se mêle au flot !

       1854,

VII.

PROSE RIMÉE.

VII.

PROSE RIMÉE.

A Jules.

Sic Volo.....

VIRGILE.

I.

Tu veux des vers : dans ta cervelle,
Par tous les Dieux, tu l'as juré
Ou bien, tu l'as dit, je n'aurai
Plus rien de ta plume rebelle.
Soit! tu vas être satisfait,
Puisqu'il faut que je t'obéisse,
Je vais céder à ton caprice,
Je vais chanter. — Me voilà prêt.

Ma muse est pourtant fort tenace,
Laisse-moi bien te l'annoncer,
J'ai beau la prendre et la presser
Par la douceur ou la menace,
Il est des jours (comme aujourd'hui),
Où je la sens si paresseuse
Que, bien qu'une pensée heureuse
Au fond de ma cervelle ait lui,
Je n'ose pas, sur ma parole!
Dans la crainte de l'irriter
La prier par trop de chanter,
Et — toute ma verve s'envole.

Si donc, dans ta chambre, ce soir,
Mes vers avortés te font rire,
Si même tu ne peux les lire
Sans bâiller, malgré ton vouloir;
S'ils sont accrochés à la suite
A grand renfort d'enjambements,
De chevilles et d'ornements
Imaginés pour aller vite
Et mettre le sujet à fond,
Tordus comme des arabesques
Qui, dans les vieux palais moresques,
Courent aux angles du plafond ;
D'une exécrable bigarrure
Si je les revêts jusqu'au bout,
Tant pis pour toi, car après tout
On ne peut forcer sa nature !

Cequo je vais te raconter
N'est que : *ma vie à la campagne,*
Allons! et que Dieu m'accompagne
Dans mon récit, je vais chanter.

II.

Le matin, lorsque je me lève,
(A cinq heures ou même à huit),
Je descends et vais, de la nuit,
Au grand air, secouer le rêve.
Puis quand, le nez à tous les vents,
J'ai humé l'air pur de l'espace
Et qu'à son haleine qui passe
Mon front s'est baigné quelque temps,
Quand j'ai compté les fleurs écloses
Et les boutons des rosiers blancs,
Et que des liserons tremblants
J'ai vu s'ouvrir les cloches roses,
Alors, je vais m'asseoir un peu,
Sous la tonne verte, où se mêle
Au pampre la guirlande frêle
Des fleurs du volubilis bleu.

.   .   .   .

.   .   .   .

— Près de moi, devant la maison,
Je dépose, sur une planche,
Un crayon, une feuille blanche

Et mon vieux pistolet d'arçon.
Le crayon et la blanche page
Sont pour mettre en vers, à l'instant,
Les pensers que l'esprit surprend
Dans son domaine, à leur passage,
Et le pistolet, — pour guetter
Le maraudage et les surprises
Des moineaux, voleurs de cerises,
Qui, par là, viennent se poster.
Et, — tout en essayant de coudre
Quelques pauvres vers sans couleurs—
Si je vois un de mes voleurs
Follement affronter ma foudre,
Alors, me levant promptement
Et laissant les vers que j'alligne,
Le long des espaliers de vigne
Je me glisse tout doucement;
J'arrive, — mais comme je vise
Parfois, en pensant à mes vers,
Le coup de feu part de travers.
Et l'oiseau, — s'envole à la brise.
— Néanmoins, il m'est arrivé,
— Tout en manquant l'auteur du crime, —
D'attraper quelque heureuse rime
Ou quelque mot pas mal trouvé!

Ensuite, en ma chambre d'ermite,
J'entre et vais cacher avec soin
Armes et vers dans quelque coin,
Et, pour tout un jour, je les quitte.

Car il faut laisser mon ciel pur,
Mes fleurs, ma demeure tranquille,
Pour aller moisir à la ville,
Le nez dans un grimoire obscur.

Mais, du moins, pour goûter encore
Un peu de plaisir en chemin,
Je vais cueillir, dans le jardin,
La fleur que la nuit voit éclore,
Et, tout le long du vert sentier,
En groupe frais je les dispose.

En ville, ainsi, sans m'ennuyer,
J'arrive et je cours faire hommage
De mon bouquet frêle et léger,
Qu'un souffle pourrait déranger
Et qui jaunirait dans ma cage.

. . . .

Mais lorsque je suis revenu,
Le soir, et que je me sens libre,
Dans mon cœur, je sens chaque fibre
Tressaillir d'un charme inconnu.
Alors, dès qu'arrive la brune
Je m'en vais, tout seul et sans bruit,
Ecouter les voix de la nuit
Chantant aux rayons de la lune,
Et, moi-même, élevant la voix

Pour me mêler à l'harmonie
D'une chanson que j'estropie,
Je me régale quelquefois;
Ou bien, dans un livre que j'aime,
Quand le temps est maussade et noir,
Je m'enfonce pour tout le soir,
Oubliant tout, — jusqu'à moi-même,
Et là je m'abreuve à longs traits
Aux flots de ces ondes choisies,
De ces sources de poésies,
Comme je n'en ferai jamais!

Juin 1854.

VIII.

CHANSON.

VIII.

CHANSON.

Sais-tu, frais rameau,
Qui glisses sur l'eau
   Profonde,
Vers quels bords tu cours,
En suivant le cours
   De l'onde?

Colombe qui fuis,
Ouvrant à tous bruits
   Ton aile,
Où va ton essor?
Ta vie est encor
   Si frêle!

Vierge au doux regard,
Passant au hasard

2.

La vie
Quelle route, hélas !
Sera par tes pas
   Suivie?

Vous l'ignorez tous,
Car il est bien doux
   De vivre,
Sans choix du chemin
Que notre destin
   Doit suivre.

Puis qu'importe où vont
Fleurs, vierge au doux front,
   Colombe.
Hélas ! à leur sort
Il n'est qu'un seul port :
   La tombe!

7 août 1855.

IX.

FILEUSE.

IX.

FILEUSE.

Dans les prés, comme des gazelles,
Après avoir couru longtemps
Et mis sur vos cheveux flottants
Des chaperons de fleurs nouvelles,
Le soir, lorsque pour le berger,
Se lève l'étoile sereine,

Filez gaîment la blanche laine,
Jeunes filles au doigt léger.

Marguerite, la blonde fille
La blonde fille aux yeux si bleus,
Avait reçu de doux aveux;
On le savait dans la famille.
Les anneaux devaient s'échanger
Après la fenaison prochaine;

Filez gaîment la blanche laine,
Jeunes filles au doigt léger.

Mais elle avait dans la pensée
Des rêves de bonheur si doux,
Que l'esprit malin fut jaloux
Des projets de la fiancée.
Au pays, comme un étranger,
Il vint, sous une forme humaine;

Filez gaîment la blanche laine,
Jeunes filles au doigt léger.

Il mit un sourire à sa lèvre,
Dans sa prunelle un doux regard,
Et sous des chausses de brocard
Cacha son vilain pied de chèvre.
Il s'en fut ensuite chercher
La jeune fille dans la plaine.

Filez gaîment la blanche laine,
Jeunes filles au doigt léger.

Or la gentille Marguerite,
Le soir, revenait en chantant
Lorsque, soudain, se présentant
Le démon lui dit : — ma petite,
Je t'aime et si tu veux m'aimer,
Je te ferai ma souveraine. —

Filez gaîment la blanche laine,
Jeunes filles au doigt léger.

— Je parerai ta chevelure
De guirlandes de diamants,
Je mettrai sur tes bras charmants
Des bracelets d'or, pour parure.
Des biens dont je veux te charger
Tu rendrais jalouse une reine.

Filez gaîment la blanche laine,
Jeunes filles au doigt léger.

— Viens, sous des tentures de soie
Et sur des coussins de velours,
Tu pourras dormir tous les jours,
Dans l'opulence et dans la joie ;
Tu peux me suivre sans danger,
Mais qu'au moins ton cœur m'appartienne.

Filez gaîment la blanche laine,
Jeunes filles au doigt léger.

—Merci, non! — je reste au village
On ne doit pas, mon doux Seigneur,
Donner plus d'une fois son cœur
Quand on est vertueuse et sage.
Aussi je ne veux pas changer
Contre une autre ma douce chaîne.—

Filez gaîment la blanche laine,
Jeunes filles au doigt léger.

—Allez en paix!— que la madone
Vous garde pendant le chemin,
Sur d'autres fronts, que votre main
Dépose une riche couronne;
Les frais boutons de l'oranger
Suffiront à tresser la mienne. —

Filez gaîment la blanche laine,
Jeunes filles au doigt léger.

. . . . , . . .

Et, lorsqu'au tranchant des faucilles,
Eut tombé l'herbe dans les champs,
On entendit de joyeux chants,
De joyeux chants de jeunes filles.
— Les anneaux devaient s'échanger
Après la fenaison prochaine.....

Filez gaîment la blanche laine,
Jeunes filles au doigt léger.

7 juillet 1851.

X.

RAPPEL.

X.

RAPPEL.

Muse, vois : les oiseaux frileux
Loin de nous fuyant par volées
S'en vont chercher sous d'autres cieux
Des fleurs et de chaudes vallées.

Vois : le vent parmi les halliers
Passe avec de tristes murmures,
Et des rameaux gris des figuiers
Il fait tomber les figues mûres.

Tant qu'a duré l'été vermeil,
Dans les bois où rougit la fraise,
Dans les champs tout pleins de soleil,
Je t'ai laissé courir à l'aise.

Fleurs et doux soleils sont passés,
Dans ma demeure rentre vite,
Car, au souffle des vents glacés,
Tu prendrais froid, pauvre petite.

Viens, à la même table assis,
Auprès de ma lampe allumée,
Nous nous ferons de doux récits,
Ma chère muse bien-aimée.

Tu me parleras des beaux jours,
Du beau ciel bleu, des fleurs écloses;
Tu me conteras les amours
Des papillons avec les roses.

Et moi, ton poète rêveur,
Mêlant mes histoires aux tiennes,
Je te raconterai mon cœur
Avec ses plaisirs et ses peines.

26 octobre 1856.

XI.

POUR LES ORPHELINS.

POUR LES ORPHELINS.

A mes petits amis Maurice, Raoul
et Marcelle.

Enfants, l'hiver est triste aux pauvres orphelins
    Tout seuls sur cette terre ,
Qui n'ont plus, comme vous, pour réchauffer leurs mains
    De douces mains de mère.

Hélas ! pour eux, l'été devrait durer toujours;
    Car l'été, c'est la joie,
L'été, c'est le soleil, le ciel bleu , les beaux jours
    Que le ciel leur envoie.

Mais, l'hiver, ils ont froid, ils n'ont plus de rayons
    Pour caresser leurs têtes,
Et marchent tout tremblants sous de hideux haillons,
    Les lèvres violettes.

Ils n'ont plus sous le ciel de place pour dormir,
 Ils ont bien faim, — ils pleurent,
Et, quand nul bras ami ne vient les soutenir,
 Ces pauvres anges meurent. —

— Vous, mes doux chérubins, qui vivez, sans avoir
 L'ombre d'une souffrance
Et qui, dans vos lits blancs, doucement, chaque soir,
 Dormiez pleins d'innocence,

Avant de clore au jour vos yeux appesantis
 Faites une prière,
Implorez le Seigneur pour ces pauvres petits,
 Pour ces enfants sans mère.

Pour qu'ils puissent dormir, chaque soir, comme vous,
 Dans une blanche couche,
Et sentir une lèvre avec des baisers doux
 Se presser sur leur bouche.

Et que, pour remplacer la mère qu'ils n'ont pas
 Ils en trouvent une autre,
Qui soit aimante et qui veille sur tous leurs pas,
 Enfants, comme la vôtre !

29 novembre 1854.

XII.

AMOUR DE FLEUR.

XII.

AMOUR DE FLEUR.

à M***

I.

Loin des regards, dormait dans le calme et la paix,
 Une chaste pervenche,
Entre un églantier rose et les rameaux épais
 D'un lilas à fleur blanche.

Jamais vierge rêveuse au front céleste et pur,
 A la douce parole,
N'eut de yeux veloutés comme le sombre azur
 Qui teignait sa corolle.

Sans crainte, elle laissait dans son humble réduit,
 Sur ta tige inclinée,

Frémir aux vents du jour, aux brises de la nuit,
      Sa feuille satinée.

Pas un phalène brun, pas un bupreste d'or,
      Volage multitude,
Ne troublait, en passant dans un rapide essor,
      Sa chère solitude.

Un humble scarabée osait, seul, chaque soir,
      Sur la mousse fleurie,
A travers les gazons se glisser et s'asseoir
      Près de sa fleur chérie.

Dans un doux entretien, sa voix lui murmurait
      Une plaintive gamme
Et devant elle ainsi, bien souvent, il ouvrait
      Les replis de son âme.

Elle, — laissait chanter la voix à ses genoux
      Et, virginale amante,
Répondait à ses chants des mots encor plus doux
      Dans sa langue charmante.

II.

Un soir, il ne vint pas, près de la fraîche fleur,
      Tout seul, fermer son aile.

Un ami plus brillant, plus joyeux, — ô malheur !
      Le suivit auprès d'elle.

A ce chanteur nouveau qui, dans l'ombre des bois,
      Venait se faire entendre
Et qui n'avait jamais de larmes dans la voix,
      La fleur se laissa prendre.

Bientôt elle n'eut plus de regards que pour lui ;
      Les fleurs comme les femmes ,
Vers chaque objet brillant qui sous leurs yeux a lui
      Laissent aller leurs âmes.

— Oh ! la coquetterie est un mechant défaut ,
      Cruelles sont ses armes,
Car en riant à l'un, hélas ! à l'autre il faut
      Qu'elle arrache des larmes. —

Pleurant sur son amour, le pauvre délaissé
      Quitta la fleur cruelle,
Et sous d'autres soleils traînant son cœur blessé,
      Ne revint plus vers elle.

Mais le rival heureux, le bien-aimé chanteur,
      D'autres plaisirs avide,
Hélas ! ne s'émut pas d'une douce faveur,
      Car son âme était vide !

3.

Il partit, — il était de ceux dont, tour à tour.
    L'aile, sans choix voltige;
— Et la pervenche alors, sans joie et sans amour
    Se flétrit sur sa tige. —

Juin 1855.

XIII.

INDÉPENDANCE.

XIII.

INDÉPENDANCE.

L'homme est né libre et fort et la forme charnelle
Sous son limon grossier garde une âme immortelle.

Je ne suis pas de ceux qui de leur liberté
Font un roseau qui plie à toute volonté
Et qui changent leur être en un polichinelle
Dont chacun à son gré peut tenir la ficelle.
Je suis libre par droit et libre comme l'air,
Comme l'aigle des monts qui vole sous l'éclair;
Je n'ai pas de palais, pas de garde à ma porte,
Je dors sous un vieux toit; mais que j'entre ou je sorte,
Personne ne vient là pour me dire : arrêtez !

Je n'ai pas de trésors en écus bien comptés,

Mais je ne tends jamais la main pour une aumône ;
Je mange de bon cœur le pain que Dieu me donne.

A d'autres de ramper et de courber les reins
Pour poursuivre leur but et leurs désirs sans freins.
Gloire ! honneurs ! qu'est cela ? de la paille allumée,
Avec beaucoup de bruit et beaucoup de fumée !

A d'autres s'il leur plaît d'être lâches ou fous,
D'aller s'agenouiller et d'user leurs genoux
Devant un vil métal dont ils font une idole,
A laquelle, en leur cœur, tout sentiment s'immole !
Il vaut mieux dormir libre en un manteau troué
Que d'être à cette honte, ainsi, toujours cloué.

Je n'ai jamais porté le fardeau d'une chaîne,
Pourtant Dieu m'a pétri dans une argile humaine ;
Comme tous j'ai souffert, comme tous j'ai pleuré.
Du creuset de douleur l'homme sort épuré,
Et, sur l'enclume, plus on a battu l'épée,
Plus la lame est brillante et fortement trempée.

Ainsi Dieu m'a fait fort en passant par ses mains.

Je suis libre par lui, je vais par les chemins
Droit au but, sans souci des faux discours des hommes ;
Et, lorsque j'ai besoin, jamais leurs vains fantômes
N'entendent de ma voix des prières de miel ;

Non !... je lève la tête et je regarde au ciel.

Les uns appelleront cela de l'égoïsme
Ou de la barbarie, et d'autres un sophisme !
Erreur ! je ne suis rien que ce qu'ils ne sont plus,
J'ai gardé, voilà tout, les biens qu'ils ont perdus.
Qu'ils grandissent leur plaie encore davantage,
Qu'ils rivent à leurs pieds la chaîne d'esclavage ;
Moi, je veux être libre, et libre en dépit d'eux ;

Nul, hormis Dieu, n'a droit de me dire : Je veux.

1855.

XIV.

LE MARIAGE DU SIÈCLE.

LE MARIAGE DU SIÈCLE.

Aujourd'hui le saint nœud qui réunit deux âmes
Par le grand nombre est incompris ;
Le mariage n'est qu'une vente de femmes,
Où l'amour n'a plus qu'un vil prix.

La balance où se pèse un hymen qu'on prépare
N'a de place en chaque plateau,
Que pour l'or qui s'entasse et qu'une main avare
Egalise en double monceau.

— Qu'importe que, repu de voluptés banales,
Le cœur à jamais vide et mort,
L'époux, la vie usée en des amours vénales
Vienne à la vierge unir son sort!

— Si la femme n'a plus d'auréole à la tête,
    Plus de vertu, son seul vrai bien,
Qu'importe ! on ne prend plus une épouse, — on l'achète.
    Devant l'or, l'honneur n'est plus rien.

— Puis, à quoi bon s'aimer, à quoi bon se le dire ?
    L'amour, ce rêve mensonger,
Comme se perd un son ou s'efface un sourire,
    S'enfuit bientôt d'un vol léger.

— L'or est tout ici-bas : c'est le Dieu qu'on adore,
    Le Dieu partout multiplié,
Sans lui, la vertu meurt, la gloire s'évapore,
    Le mérite reste oublié. —

Honte à jamais sur vous, âmes froides et dures !
    L'amour, par vos voix profané,
C'est le sentiment vrai des choses les plus pures
    Rayon du ciel même émané.

Avant de rechercher un intérêt vulgaire
    En livrant la vierge à l'époux,
Sachez qu'en enseignant le bonheur à la terre
    Le Christ avait dit : Aimez-vous !

                          1855.

XV.

FANTAISIE.

XV.

FANTAISIE.

A THÉRÉZIA D.

Mon esprit est fait d'étrange manière :
Je place cháque être en un cadre à part;
A ceux là convient la nature ou l'art,
A d'autres il faut l'ombre ou la lumière.

Si vous demandez où je placerais
Votre frais visage, en ma fantaisie ,
Ecoutez : — la place est vite choisie, —
Car voici comment je vous aimerais :

Dans un médaillon au contour ovale,
Je voudrais vous voir sur des gazons verts,
Avec vos yeux bleus brillant, entrouverts,
Sur votre visage au teint rose-pâle.

Dans un frais corsage aux plis de satin
Tombant sur la hanche en large basquine ,
Je voudrais cacher votre taille fine,
Et chausser de blanc votre pied mutin.

Dans vos longs cheveux, à la blonde tresse,
Je mettrais des fleurs d'un arome pur
Et, dans votre main aux veines d'azur,
D'autres fleurs encor, en guirlande épaisse.

Mais pour entourer ce portrait charmant ,
La nature aussi devrait être belle,
Le ciel serait bleu, comme la prunelle
Qui dort sous vos cils baissés chastement :

Un flot cristallin recouvert d'ombrage
Et tout plein d'iris et de nénuphars,
Un bosquet peuplé d'oiseaux babillards,
Seraient un paisible et frais entourage.

Et je croirais voir quand je vous verrais
Ces pastels charmants aux teintes légères
Où Watteau nous peint de fraiches bergères.....
Car voici comment je vous aimerais.

Lyon, 16 novembre 1855.

XVI.

SUR L'ALBUM DE Mlle IZALINE B.

XVI.

SUR L'ALBUM DE Mlle IZALINE B.

Vous voulez que, de mon cœur,
　　　Une fleur,
Une fleur de poésie,
Ose tomber et s'ouvrir,
　　　Et mourir
Sur cette page choisie.

Mon jardin est pauvre, hélas !
　　　Je n'ai pas
Mille fleurs aux teintes roses ;
Je n'en ai pas, mais pourtant
　　　Cherchons en ,
Entre les buissons écloses.

J'ai, parmi le taillis vert .
　　　Découvert

Une rose du Bengale ,
Un bluet et les yeux d'or,
    Vifs encor,
D'une marguerite pâle.

Ces trois belles fleurs d'été
    Sont : beauté,
Douceur, simplicité d'âme ,
Triple trésor désiré,
    Préparé
Par le Seigneur à la femme.

De ces fleurs mes doigts ont fait
    Un bouquet,
Un bouquet que je vous donne,
Car, de droit il appartient,
    Et revient
A vous, bien mieux qu'à personne.

2 janvier 1856.

XVII.

A SOPHIE.

XVII.

A SOPHIE.

Avec votre jeunesse et votre front vermeil,
        Au bal vous êtes belle,
Quand le feu du plaisir, comme un jet de soleil,
        Dans vos yeux étincelle.

Aux bras d'un beau danseur glissant d'un pied léger,
        Vous suivez les cadences,
Sans voir autour de vous, souvent, — et sans songer
        A rien, — sinon aux danses.

Ecoutez : — quelquefois il est de bons avis
        Dans une tête blonde ; —
Et l'on peut, à vingt ans comme à quatre-vingt-dix,
        Etre sage en ce monde.

Quand vous serez au bal, fraîche comme à présent,
　　Les jeunes gens frivoles
Vous diront, les yeux pleins d'un regard caressant,
　　Bien de douces paroles.

Ils voudront allumer l'amour dans votre cœur,
　　Mais fermez-en la porte,
Car si par elle, un jour, l'amour entre en vainqueur,
　　Pour lui la joie est morte.

Tous ces beaux papillons voltigeant tour à tour
　　Près de toutes les belles,
Ont les mêmes regards, les mêmes mots d'amour
　　Pour chacune d'entr'elles.

Et lorsqu'un pauvre cœur, séduit, se laisse aller
　　A leur charme éphémère ,
Il sent bien loin de lui le bonheur s'envoler,
　　Ainsi qu'une chimère.

Oh ! gardez bien longtemps votre franche gaîté,
　　C'est la douce richesse
Dont le Dieu tout-puissant, ici-bas, a doté
　　Votre pure jeunesse.

De tout amour léger ignorez les douceurs
　　Et gardez en votre âme ,

Car, hélas ! il a peu de joie, — et bien des pleurs
  Pour les yeux d'une femme.

28 janvier 1856.

XVIII.

A UNE JEUNE FILLE POÈTE.

XVIII.

A UNE JEUNE FILLE POÈTE.

A quoi bon ta voix douce et tendre,
Rossignol au plumage frais,
Si tu ne veux la faire entendre
Que dans l'épaisseur des forêts,
Et si toute voix étrangère
T'effarouche et, soudain, fait taire
Tes chants mollement murmurés?

A quoi bon ton divin arome,
Fleur au calice de satin,
Si ton sein, la nuit seule, embaume
Les airs, — pour cesser au matin,
Et si tu fermes ta corolle
A l'abeille agile qui vole
Et cherche son charmant butin?

Et vous, à quoi bon, jeune fille,
Avoir sur un front radieux
Ce feu divin qui passe et brille,
Créant des chants dignes des cieux ;
Si, de ces doux trésors avare,
Votre muse bien loin s'égare,
Et se dérobe à tous les yeux ?

Janvier 1856.

XIX.

NOEL.

XIX.

NOEL.

Vieux mendiants qui passez
Dans les sentiers blancs de neige,
Et que la douleur assiége,
Secouez vos pieds glacés
Et pressez-vous en cortége.

Petits enfants orphelins,
A la tête rose et blonde,
Sans souci du vent qui gronde,
Qui gronde par les chemins,
Venez, doux anges du monde.

Vous qui pleurez bien des fois,
Vous qui souffrez sur la terre,
Doux martyrs de la misère !

Venez, — le cœur et la voix
Pleins de chants et de prière. —

Sous un toit abandonné,
Dans une pauvre demeure
Où la bise souffle et pleure,
Le petit Jésus est né;
Du salut a sonné l'heure.

Approchez. — Ne craignez pas
Une majesté divine ;
Dans une étable en ruine
L'enfant-dieu vous tend les bras,
A vous, dont le front s'incline.

Il trouve mieux devant lui,
A genoux près de sa crèche,
Un enfant à la voix fraîche,
Un pauvre au front sans ennui,
Qu'un puissant à l'âme sèche.

Les pauvres sont ses enfants,
Il les accueille et les aime,
Car ils sont d'autres lui-même ;
Pour eux il a des présents
Qu'en leur âme sa main sème.

En silence, adorez tous
Cet enfant presque sans langes,
Et pour qui les chœurs des anges
Gardent les chants les plus doux
De leurs célestes phalanges.

22 décembre 1855.

XX.

MÉTAMORPHOSES.

XX.

MÉTAMORPHOSES.

I.

Dans des touffes de marjolaine,
Entr'ouvrant son aile au soleil,
Comme une fleur aérienne,
Jouait un papillon vermeil.

De mousses sauvages couverte,
La tombe d'un petit enfant,
Sous la terre riante et verte
Se cachait à l'œil du passant.

Et, dans une langue ignorée,
Le papillon frêle et charmant,
Ébattant son aile dorée,
A l'enfant parlait tendrement :

« Dis-moi; qu'as-tu fait du sourire
» Dont s'illuminaient tes yeux bruns?
» De ta lèvre qui savait dire
» Des mots plus doux que des parfums?

» Qu'as-tu fait de ta chevelure,
» Dont ta mère, chaque matin,
» Déroulait la blonde annelure,
» Autour de ton front enfantin ?

» Pauvre enfant ! Des plaisirs sans nombre
» Qui naissaient sous tes jeunes pas,
» Même avant d'en avoir vu l'ombre,
» Ton cœur était-il déjà las ?

» Pourtant, les plaisirs ont des charmes
» Pour les enfants aimés des cieux,
» Et Dieu ne fit jamais des larmes
» Amères à leurs jolis yeux.

» Enfant ! ouvre tes lèvres roses
» Que pâlit un dernier soupir ;
» Réponds : pourquoi ces douces choses
» N'ont-elles pu te retenir ? »

Alors, auprès du tombeau sombre,
Qui fut baigné de tant de pleurs,
La douce voix de la jeune ombre
Se fit entendre dans les fleurs :

« O toi que les roses jalouses
» Bercent dans leur sein velouté,
» Petit roi des vertes pelouses,
» Dis-moi d'où te vient ta beauté ?

» D'où te vient cette aile de soie,
» Cette aile au merveilleux émail,
» Qui frémit et qui se déploie
» Dans les airs, comme un éventail ?

» Quel ange, de sa main habile,
» Sut fixer sur ton corps charmant,
» Sur ta robe au tissu fragile,
» Ce doux reflet de diamant ?

» A l'abri sous l'herbe, étoilée
» De vers-luisants aux mille feux,
» Dans une mousse dentelée,
» Vers le soir, tu fermes tes yeux.

» Tu vis au gré de tes caprices,
» Ton désir est ta seule loi ;
» Oh ! dis-moi ; toutes ces délices,
» Qui donc les a faites pour toi ?

II.

» Enfant, je fus longtemps esclave
» Dans le fond d'un réduit obscur,

» Avant de pouvoir, sans entrave,
» M'envoler vers le ciel d'azur.

» J'étais un pauvre ver, sans force,
» Sans nulle grâce ni beauté,
» Me cachant sous l'herbe ou l'écorce
» Où la brise m'avait jeté.

» Un jour, en rampant sur la terre,
» Au creux d'un aride sillon,
» Dans les airs, d'une aile légère,
» Je vis passer un papillon.

» Qu'il était frais et plein de grâce,
» Ce doux roi du printemps joyeux,
» Qui jouait à travers l'espace,
» Dans son essor capricieux !

» La pervenche et la violette,
» Fraîches prémices des saisons,
» Dans leur plus charmante toilette,
» Lui souriaient sous les gazons.

» Enfin, toutes les fleurs, rivales,
» Épiaient son vol caressant,
» Et du parfum de leurs pétales
» Elles l'enivraient en passant.

» Et moi, pour qui les fleurs des plaines
» N'avaient ni parfum ni regard,

» Et qui, loin de ces douces reines,
» Pauvre ver, rampais au hasard ;

» Oh ! je voulus avoir des ailes,
» Des ailes au tissu soyeux,
» Pour pouvoir voler auprès d'elles
» Et quitter le sillon poudreux.

» Dans une enveloppe légère
» Que je filai péniblement,
» Sous une branche de bruyère,
» Je fus me blottir doucement.

» Quelle douce métamorphose,
» Quand je sortis de ce séjour,
» Et que perçant ma tombe close,
» Je pus rouvrir mes yeux au jour !

» Avançant ma tête timide
» Hors de ma soyeuse prison,
» J'étendis mon aile splendide
» Et je volai vers l'horizon.

» Adieu, la dépouille sauvage
» Et le pauvre insecte en haillons !
» Toutes les fleurs rendaient hommage
» Au plus brillant des papillons.

» Maintenant, je vis auprès d'elles,
» Moi, le faible ver transformé,

» Et je vais, reposant mes ailes
» Sur leur calice parfumé.

III.

» Moi, dit la voix pleine de charmes,
» Si j'ai fui la terre à jamais,
» Si j'ai laissé ma mère en larmes
» Près de la couche où je dormais,

» C'est que, sous mon rideau de gaze,
» Un jour, dormant sous l'œil de Dieu,
» Je vis, dans une sainte extase,
» S'entrouvrir le firmament bleu.

» Dans un paradis de merveilles,
» Je vis apparaître à mes yeux,
» Des anges aux ailes vermeilles,
» Au front charmant et radieux.

» Pour orner leur tête, embaumée
» De parfums de nard et de miel,
» Leurs mains cueillaient la fleur semée
» Dans les jardins d'azur du ciel.

» Après la céleste lumière
» Dont mes yeux furent éblouis,

» Oh! que le séjour de la terre
» Me parut sombre et plein d'ennuis !

» Les plaisirs et la gaîté pure,
» Qui m'animaient d'un doux émoi,
» Mes jouets, ma fraîche parure,
» N'eurent plus de charmes pour moi.

» Dans cette angélique phalange,
» Qu'un songe divin me fit voir,
» Emporté par des ailes d'ange,
» J'enviai de m'aller asseoir.

» Et maintenant je dors dans l'ombre
» Au fond de mon dernier berceau,
» Et, comme toi, de ce lieu sombre,
» Un jour, je sortirai plus beau.

» Un jour aussi j'aurai des ailes
» Ainsi qu'un petit chérubin,
» Et de ses clartés éternelles
» Dieu viendra m'ouvrir le chemin.

» Tandis que ta splendeur qui passe
» O papillon ! n'aura qu'un temps
» Et que tu vivras dans l'espace
» A peine l'âge du printemps

» Au ciel, dans une gloire pure,
» Moi, pour jouir de ma beauté,
» Au lieu du temps qui se mesure
» J'aurai toute une éternité ! »

XXI.

A UNE INCONNUE.

XXI.

A UNE INCONNUE.

I.

Un soir, le poète que j'aime,
Le bras appuyé sur le mien,
Murmurait un doux entretien
Ou plutôt tout un frais poême.

— Ami, disait-il, j'ai trouvé,
Idéal de la beauté pure,
Une céleste créature
Comme tu n'en as pas rêvé.

— C'est une vierge à l'œil splendide
Sous des sourcils arqués et fiers,
Dont le regard brillant d'éclairs
Nage en une prunelle humide.

— D'un flot de soleil inondés,
Ses cheveux que le vent caresse
Baignent en opulente tresse
Son front sous leurs contours ondés.

— De sa lèvre un sourire tombe
Comme un rayon éblouissant,
Et c'est le cœur tout frémissant,
Qu'on entend sa voix de colombe.

— Ses mains aux blancs doigts effilés
Savent toucher le luth sonore
Et sur ses cordes faire éclore
Des sons divinement filés.

— La muse qu'elle s'est choisie
Est un ange plein de douceur,
Elle aime ces longs chants du cœur
Pleins d'amour et de poésie.

— Ses regards se sont abaissés
Sur ceux qui vibrent sur ta lyre
Et ses yeux, souvent, ont pu lire
Les vers que ta main a tracés.

— Puis sa voix au timbre angélique
A dit qu'elle voudrait pouvoir,
Un jour, te connaître et te voir,
Poète au front mélancolique. —

II.

Quoi ! vous avez jeté les yeux
Sur un chant sauvage et bizarre,
Que de ma lyre trop avare,
J'ai peine à tirer quand je veux.

Me connaître ! hélas ! qu'irait faire
Mon ombre avec votre soleil ,
Et près de votre front vermeil
Mon front sans rayons ni lumière.

Auprès du bengalis heureux,
Dans sa parure d'émeraude,
Qu'irait faire un grillon qui rôde
Dans le foyer sombre et poudreux.

Et pourtant — je sens dans mon âme,
Sourdre un indomptable désir
Et sa vive ardeur me saisir
Pour la poétesse et la femme.

Ma lèvre voudrait s'enivrer
De l'air que sa présence embaume,
Et respirer comme un arome
Les mots qu'elle va murmurer.

De ma lyre souvent muette,
Qu'aujourd'hui ce chant modulé,
Doucement vers elle envolé,
Soit le messager du poète.

Un jour, peut-être, je viendrai
M'éclairer de sa splendeur douce
Comme l'insecte de la mousse
S'éclaire du rayon doré.

Décembre 1855.

XXII.

ÉPITRE.

XXII.

EPITRE.

A HYACINTHE M.

Ami, tout près des maux dont nous sommes la proie
Dieu place le remède et sa main nous l'envoie.

Depuis que de mon toit reprenant le chemin
Je pris congé de vous en vous serrant la main,
Je me suis vu livré, — hormis quelqu'heure douce
D'un bonheur que jamais mon âme ne repousse, —
A ce démon fatal, ce fébrile tourment
Que l'Anglais nomme spleen et nous : désœuvrement.
Mais je l'ai dit : le baume est près des maux sans nombre.
Au milieu de l'ennui qui me jetait son ombre,
Votre amicale prose est venue, à propos,
Arracher mon esprit à son triste repos.

La muse, dites-vous? hélas! la pauvre fille!
On ne se plaindra pas que sa lèvre babille!
Depuis ces derniers jours où je dus vous quitter,
A peine une ou deux fois a-t-elle osé chanter.

Pourtant il serait doux de chanter, car l'automne
Qui jette au vent plus froid la pauvre feuille jaune;
L'automne qui nous berce avec des bruits si doux
Est tout plein d'harmonie et de charme pour nous.
Le poète n'a pas les yeux froids du vulgaire
Qui passe, sans sourire aux splendeurs de la terre;
Lui, son âme palpite et s'émeut doucement
Lorsque, de sa fenêtre en plein ouverte au vent
Qui siffle sur sa tête et fouette sa figure,
Il assiste à ce deuil de toute la nature.

Oh! que de souvenirs ou sombres ou joyeux,
Doux parfums du passé, reviennent à ses yeux!
Quels tableaux animés des heures envolées
Qui se sont dans les pleurs ou la joie écoulées;
Que d'instants de bonheur par le temps emportés
Qui par de longs ennuis lui furent achetés!
Eh! tenez, hier encore et cette nuit dernière,
Mon esprit retournait quelques jours en arrière;
J'étais assis encor sous votre toit ami,
Sans ennui, — dans mon cœur vous l'aviez endormi, —
J'entendais sous des mains d'enfant aux doigts agiles

Les notes retentir sous les touches fragiles
Et la voix s'élever en sons mélodieux,
Vous me lisiez vos vers, ami, j'étais joyeux;
J'écoutais près de moi de tendres voix de femmes,
Me parlant de tous ceux que je pleure en mon âme;
Mon oreille s'ouvrait pour un grave entretien
Qu'il me semblait toujours ouïr dans le lointain,
Et je sentais ainsi de cette heure passée
Une douceur qui n'est pas encore effacée.

— Mais laissons maintenant ces rêves; — Dans un mois
Nous devons cheminer ensemble une autre fois.
La route faite à deux paraît moins triste encore,
Mais écoutez, ami. — Le monstre qui dévore
L'espace, en vomissant de ses poumons de fer
De longs flots de fumée avec un bruit d'enfer,
Les deux rails s'allongeant sur la voie alignée
Où le large wagon suit sa course effrénée;
Les plaines et les monts, — paysage confus, —
Que l'œil distingue à peine et ne voit déjà plus,
Ces arbres disparus ainsi que des fantômes,
Tout cela, voyez-vous, peut plaire à certains hommes
Pressés d'atteindre au but et qui voudraient avoir
Des ailes pour voler et non des yeux pour voir.

Pour ma part, j'aime mieux l'allure moins rapide
Du bateau qui s'en va sur la route liquide,

Comme un heureux flâneur, doucement, sans effort,
Et qui, tranquillement, nous mène jusqu'au port.

Sans fatigue, avec lui, la route se termine :
Ainsi que dans la rue on s'arrête, on chemine
Sur le pont — et de là les yeux peuvent jouir;
Sous les grèves on peut voir les vagues courir,
On sent le vent jouer doucement, sur sa tête,
Et puis, tout en fumant la blanche cigarette,
On rêve, on cause, on rit, et cela vaut bien mieux
Que de se dorloter dans un coffre ennuyeux,
Où l'on a tout au plus dans un étroit espace
Deux pieds pour respirer et pour changer de place.

Voilà! vous me croirez et nous ferons ainsi!

Maintenant que je suis libre de ce souci,
Laissez-moi demander, pour cette épître fade,
Qui vient à vous sans art, sans habit de parade,
Un pardon généreux que vous m'accorderez,
Ma muse et moi, dans l'âme, en sommes assurés.

Que voulez-vous? ma tête, hélas! pauvre insensée,
D'un lambeau de vers aime à vêtir sa pensée,
La cadence lui plaît, la rime la ravit;
On suit facilement ce qui plaît et sourit.
Sans doute, j'aurais pu sans crainte qu'on en rie,
Exprimer mon idée en prose bien nourrie,

En bons gros mots pesants vous dire mes projets,
Mais à choisir, ma foi! j'ai pris ce que j'aimais.

Votre blâme, après tout, n'est pas ce qui m'arrête,
Les poètes sont fous — et vous êtes poète!

9 octobre 1855.

XXIII.

UN SOIR, DANS UNE ÉGLISE...

XXIII.

UN SOIR, DANS UNE ÉGLISE.....

Lorsqu'ici-bas on vous fête,
Douce Vierge, vous aimez
Cette foule qui s'arrête
A vos autels parfumés ;
Vous aimez le feu des cierges,
Au fond du temple éclatant,
Et le chaste chœur des vierges
Qui défilent en chantant.

Vous aimez le vieux lévite
Qui, dans sa chasuble d'or,
Sur le livre saint récite
Des mots et des mots encor,
Tandis qu'avec lui s'avancent
Vêtus de pourpre et de lin

Des enfants blonds qui balancent
Un encensoir dans leur main.

Vous aimez les fleurs jetées
Dont les chemins sont couverts
Et les cloches agitées
Vibrant gaîment dans les airs,
Et les orgues frémissantes,
Qui, sous d'invisibles doigts,
Mêlent leurs notes puissantes
Au frémissement des voix.

Mais ce qui plaît davantage
A votre cœur tendre et doux
C'est le simple et pur hommage
D'un cœur qui se donne à vous,
Prenez donc le mien, ô mère,
Et sur lui, du haut du ciel,
Que, dans cette vie amère
S'ouvre votre œil maternel.

14 août 1855.

XXIV.

VERGISS MEIN NICHT.

XXIV.

VERGISS MEIN NICHT.

A Mme LÉONCIE G.

Nous sommes des oiseaux ballotés par l'orage
Dans ce monde où nos pieds se reposent si peu ,
Dieu nous pousse du doigt, de l'un vers l'autre lieu,
Sans que nous y marquions, souvent, notre passage.

Emportant des regrets, en laissant quelquefois,
Nous quittons ceux pour qui notre âme semblait faite
Et peut-être qu'à l'heure où le départ s'apprête,
Nous nous disons adieu pour la dernière fois.

Sous votre toit joyeux, pendant deux jours à peine,
Je suis venu m'asseoir, voyageur ignoré,
Et, dans ces courts instants, vous m'avez préparé
Des regrets, dont j'emporte une âme toute pleine.

Vers vous Dieu voudra-t-il me laisser revenir ?
Vous reverrai-je un jour? je ne le sais, Madame,
Mais du moins, gardez-moi, dans le fond de votre âme,
La plus douce des fleurs, celle du souvenir.

Souvenez-vous de moi dans vos heures perdues,
Souvenez-vous de moi, comme du pauvre oiseau
Se posant pour chanter au bord du clair ruisseau,
Et qui repart bientôt, les ailes étendues.

5 janvier 1856.

XXV.

A ARISTIDE C,

XXV.

A ARISTIDE C.

Poëte, tu l'as dit : — qu'importe le vulgaire?
— Qu'importe la clameur qui monte de la terre
Et poursuit le rêveur errant sur les sommets?
Si la foule le hue et le souille de boue,
Si chacun veut l'abattre et soufleter sa joue,
      Doit-il se taire à tout jamais?

— La poésie est-elle une fille perdue
Qui se prête aux désirs matériels de la rue?
N'a-t-elle plus au front un lumineux rayon?
Est-ce pour satistaire à tout mesquin caprice,
Qu'il faudra qu'elle tombe et qu'elle se salisse
      Dans le terrestre tourbillon? —

Non, tous ceux que Dieu fit ses dignes interprètes
Portent gravés au cœur leurs devoirs de poètes;

Leur âme est un autel où fume un pur encens,
Leurs chants ne sont point faits pour toutes les oreilles,
Ils sont comme le cygne au milieu des corneilles,
　　Essaim aux cris étourdissants.

Leur voix s'élève, forte, au dessus du tumulte
Et quand, de toute part, contre eux, grandit l'insulte
De ceux qui les raillant ne les comprennent pas,
Il leur reste toujours des oreilles amies,
Des cœurs pour les bénir et des mains affermies,
　　Pour soutenir leurs premiers pas.

Va donc, toi qui t'es dit : Je veux tenter l'épreuve.
Bois au calice amer où tout élu s'abreuve,
La douceur est au fond de ses bords pleins de fiel.
Bats d'un fort aviron les flots de ta pensée
Et, sur cet océan où ta nef est lancée,
　　Suis ton astre qui brille au ciel.

Chante, mais souviens-toi que la lyre est divine,
Souviens-toi que du cœur qui bat dans ta poitrine,
Il ne doit rien sortir que Dieu ne t'ait prêté;
De tout bruit garde-toi d'être l'écho servile,
Se vendre au plus offrant est une chose vile,
　　Reste pur dans ta liberté.

Car, si tu devais, sourd à la voix qui t'inspire,
Trafiquer de tes vers, si ton impur délire

Devait faire rougir ta muse au chant divin ;
Si tu devais briser son aile étincelante
Et faire de cet ange une ignoble bacchante,
    Alors tu chanterais en vain.

Tu chanterais en vain, car ta triste harmonie
N'aurait pour l'inspirer plus de source bénie,
De Dieu qui te choisit tu trahirais le but,
Et mieux aurait valu, sur la mer orageuse
Ne pas t'élancer et, d'une main courageuse,
    Fermer ton cœur, briser ton luth !

24 septembre 1856.

B.

XXVI.

RITRATTO.

XXVI.

A MON AMI JOANNI B.

RITRATTO.

Sur ses yeux vert de mer, teints d'un fauve reflet,
Battent, noirs papillons, ses paupières frangées,
Et ses mignonnes dents, en deux minces rangées,
Etincellent ainsi que des gouttes de lait,
  Dans leurs alvéoles rosées.

La couleuvre qui glisse aux profondeurs des bois,
A, moins qu'elle en ses jeux, de grâce et de souplesse,
Son corps entier est une agaçante caresse,
Mais d'un sauvage éclair son œil brille parfois
  Et la belle se fait tigresse.

J'aime à la voir pourtant, seule, sur le velours
D'un sopha, s'essayer à des airs de marquise,
Puis jouer follement, et quand je l'ai surprise
Etaler, en fuyant, les gracieux contours
      De sa taille ronde et bien prise.....

— Rimeur, me direz-vous, ce portrait ébauché,
Qnel est-il? — As-tu peint quelque brune espagnole,
Quelque Senorita, de joie et d'amour folle?
Sous ces étranges traits quel type as-tu caché?
      Est-ce l'Arabe ou la Créole?

Est-ce le profil grec, l'ovale italien?
Une femme qui prend les cœurs dans son sourire?.....

— Le rimeur vous écoute et vous laisse tout dire
Ensuite il répondra : —

        — Cela se pourrait bien,
Si ce n'était ma chatte Elmire!

                17 septembre 1856.

XXVII.

A M***

XXVII.

A M***

Ne redoutez pas que ma voix éveille
Des accents qui font rougir de pudeur,
Je veux vous chanter, tout bas, à l'oreille,
Un chant d'amour pur comme votre cœur.

Oh! comme il est bon de pouvoir se dire
Qu'on sait maintenant où porter ses pas ,
Qu'il est un cœur d'ange où le cœur peut lire
Et que l'on n'est plus tout seul, ici-bas.

Vos lèvres m'ont dit le mot qui console ,
Vous avez sauvé mon cœur qui mourait ,
Vous avez éteint par une parole
Cette sombre ardeur qui me dévorait.

S'il est maintenant, dans mes jours, quelqu'heure,
Quelqu'heure de joie et de pur bonheur,
C'est quand je m'assieds dans cette demeure
Où sous vos regards tressaille mon cœur.

Aimons-nous; — l'amour est fait, sur la terre,
Pour nous rappeler les douceurs du ciel ;
C'est le baume qui, sur toute misère ,
Verse également sa liqueur de miel.

Pourquoi Dieu mit-il la fleur dans la mousse
Et près de la fleur le frais papillon ?
Pourquoi donna-t-il une voix si douce
A l'oiseau chantant dans le vert sillon?

Pourquoi vous fit-il si séduisante
Avec vos yeux noirs si prompts à charmer ?
Pourquoi laissa-t-il une fibre aimante
Dans votre âme, enfant, — sinon pour aimer,

Notre amour n'est pas cette impure flamme
Qui ronge le cœur et qui le flétrit ,
C'est celui qui va de l'âme vers l'âme
Et devant lequel le Seigneur sourit.

Aimons-nous toujours, car vous êtes celle
Par qui mon bonheur vivra désormais,
Celle que Dieu fit si douce et si belle
Qu'en elle j'ai mis tout ce que j'aimais.

15 décembre 1855.

XXVIII.

A JOSEPH L.

XXVIII.

A JOSEPH L.

EN LUI ENVOYANT UN JOUET D'ENFANT.

Petit ange, petit lutin,
Avec un jouet enfantin
Qu'accueillera ton doux sourire,
T'arriveront demain matin,
Ces vers que tu ne sauras lire.

Dans tes doigts mignons et rosés,
Au bout du jour, seront brisés
Les jouets, — trop fragile ouvrage,
Et, seuls, ces vers que j'ai tracés
Te resteront pour un autre âge.

Par un vieillard ridé : le Temps,
Ta belle enfance de trois ans,

5.

Te sera promptement ravie;
Tu dois compter d'autres printemps
Et marcher plus loin dans la vie.

Alors, tu sauras qu'ici-bas
Tout n'est pas bien et que nos pas
S'égarent, souvent, dans leur route ;
Mais, enfant, si tu ne veux pas
T'égarer à ton tour, écoute :

Ainsi que l'on garde un trésor,
Garde ton âme vierge encor
De toute mauvaise semence,
Et, comme dans un vase d'or,
Fais-y germer ton innocence.

31 décembre 1855

XXIX.

XXIX.

Le Boursicotier est au spéculateur consciencieux ce
que le fripon est à l'honnête homme.

***

Connaissez-vous cet homme? hier encor, dans la rue,
Il vous a coudoyés, perdu dans la cohue ;
Aujourd'hui ce n'est plus votre égal, aujourd'hui
Vous êtes descendus bien au-dessous de lui,
Et les chevaux fringants de son riche équipage
Vous jettent, en passant, de la boue au visage.

Le reconnaissez-vous : c'est un boursicotier.

Au vil démon du gain se livrant tout entier,
Son cœur glacé n'est plus qu'un trébuchet sordide
Où l'intérêt se pèse et que le calcul guide;
Son esprit n'a qu'un but : la spéculation;

8 ..

Rien n'est utile et vrai, hormis sa passion.
La *prime* et le *report* sont les dieux qu'il encense,
Et l'or est, à ses yeux, la suprême puissance.

Encor, si, prompt à fuir toute cause de mal,
Il arrivait au but par un moyen loyal,
S'il faisait de la Bourse, où son talent s'exerce,
Un lieu de confiance et d'honnête commerce,
On se tairait. Mais non : de cet endroit maudit,
Il a fait, pour son compte, un antre de bandit
Et les pauvres moutons qui vont chercher la laine,
Attirés par l'appât de sa promesse vaine,
Au bout de quelque temps, étourdis et perdus,
Ressortent du guêpier complétement tondus.

Lui, cependant, paré des dépouilles des autres,
Parmi les gens du monde a de fervents apôtres.
On l'estime, on l'encense, il est considéré.....
Eh ! qu'importe, après tout, d'où l'argent est tiré?
L'argent n'a pas de marque et pourvu qu'on le tienne,
Cela suffit très-bien pour qu'il vous appartienne.
Qu'on ose dire après que, pour emplir vos mains,
La fortune a passé par de sales chemins !
Que vous n'êtes pas pur au fond ! — Raison frivole ;
Rien n'épure si bien que les flots du Pactole.

Laissez donc l'homme agir et son or s'entasser,
Et saluez bien bas en le voyant passer.

Jetez-là vos pinceaux, peintres, et vous, poëtes,
Eteignez le foyer qui s'allume en vos têtes,
Penseurs, esprits divins, dans ce monde égarés
Bien loin du vrai chemin, dès longtemps, vous errez,
De tout bien aujourd'hui, vous connaissez la source,
Oubliez le génie et..... jouez à la Bourse.

XXX.

FINALE.

XXX.

FINALE.

Rimes sans faste, au hasard égrenées,
 Plus d'une fois,
 Entre mes doigts;
Chansons de mes jeunes années,
 Vous n'êtes rien,
 Je le sais bien,
Qu'une image froide et glacée
Des visions dont ma pensée
Peuplait son rêve aérien.

Tout ce que voit l'esprit dans ses extases,
 Ce monde à part
 Où son regard
Peut lire, est à lui..... mais les phrases
 Et les accents

Sont impuissants
A rendre dans la langue humaine,
Cette inspiration soudaine
Qui transporte et trouble les sens.

Allez pourtant, et telles que vous êtes,
   Rimes d'amour,
   Mises au jour,
Dans la tristesse ou dans les fêtes,
   Rimes en pleurs,
   Rimes en fleurs,
Allez, sans remords et sans crainte,
Vers les lieux où n'est pas éteinte
L'amitié, ce trésor des cœurs.

De ceux que j'aime allez heurter la porte,
   En murmurant,
   Tout doucement,
« Nous voilà ! » — Mais si, pour vous, morte,
   Leur voix, hélas!
   Ne répond pas ;
Si nul ne veut vous reconnaître,
Pauvres enfants, vers votre maître,
Revenez : il vous tend ses bras.

Non ! tous les cœurs qui se disaient mes frères
   Le sont encor!

Prenez l'essor,
Volez, soit graves, soit légères,
On vous attend,
Le cœur content;
La porte ne sera pas close,
Nul visage froid et morose
Ne vous fera peur en entrant.

Sur vous, des mains qui pressèrent les miennes
Se poseront,
Et plus d'un front
Sentira, de scènes lointaines,
En lui, fleurir
Le souvenir;
Plus d'une voix saura vous dire :
Merci; plus d'un œil vous sourire,
Plus d'un cœur ardent vous bénir.

7 novembre 1856.

FIN.

TABLE.

—

Valence, impr. et lithogr. de Chaléat.